D1131057

Prune & Perlette

Véronique Le Normand
Manon Gauthier

À France et Daniel.
V.L.

À la douce mémoire
de mademoiselle Vickie.
M.G.

d²eux

Prune & Perlette

Copyright © 2016
Véronique Le Normand, Manon Gauthier et D'eux

Révision et correction : Marie Ferland
Direction artistique : France Leduc
Graphisme : tatou.ca

Catalogage avant publication de Bibliothèque
et Archives nationales du Québec et Bibliothèque et Archives Canada

Le Normand, Véronique, 1955-

Prune et Perlette
Pour enfants de 3 ans et plus.

ISBN 978-2-924645-08-6

I. Gauthier, Manon, 1959- . II. Titre.

PZ23.M5734Pr 2016 j843'.914 C2016-941402-7

Distribution : Diffusion Dimedia
www.dimedia.com

Imprimé en Chine
par Toppan Leefung Printing Limited

EUX. NOUS. VOUS!
D'eux

d²eux

1042, rue Walton
Sherbrooke (Québec)
J1H 1K7
www.editionsdeux.com

Avec Prune et Perlette,
on vit sous le même toit.

Prune est toujours contente.

Prune guette l'heure de la promenade avec impatience.

Perlette aime sa tranquillité.

Je t'aime!

Prune adore se coucher à ses pieds.

Prune a sa bande de copains.

Perlette est timide.

Prune aime qu'on s'occupe d'elle.

Perlette fait elle-même sa toilette.

Prune aime voyager.

Perlette redoute le changement.

Perlette est capricieuse.

Perlette reste sur ses gardes.

Perlette est plus indépendante.

Perlette a des goûts de luxe.

Mais, quand Perlette a peur...

Prune la console.

À quoi rêvent Prune et Perlette?

Avec Prune et Perlette,
on vit sous le même toit.

On est heureux comme ça!